Chanson sans fin

par Steven Banks
illustré par Vince DePorter

PRESSES AVENTURE

Créé par Stephen Hillenburg.

© 2004 Viacom International Inc. Tous droits réservés. Nickelodeon,
Bob l'éponge et tous les autres titres, logos et personnages qui y sont associés
sont des marques de commerce de Viacom International Inc.

Publié par PRESSES AVENTURE, une division de
LES PUBLICATIONS MODUS VIVENDI INC.
5150, boul. Saint-Laurent, 1er étage
Montréal (Québec)
Canada H2T 1R8

Dépot légal : 3e trimestre 2004
Bibliothèque nationale du Québec
Bibliothèque nationale du Canada

ISBN 2-89543-216-3

Nous reconnaissons l'aide financière du gouvernement du Canada par l'entremise du
Programme d'aide au développement de l'industrie de l'édition (PADIÉ) pour nos
activités d'édition.

Gouvernement du Québec — Programme de crédit d'impôt pour l'édition de livres
— Gestion SODEC

Bob l'éponge et son ami Patrick entendirent des bruits étranges provenant de la maison de leur voisin, Carlo le calmar. « Dehors ! criait Carlo le calmar. J'ai dit dehors ! »

« Carlo le calmar a des problèmes ! dit Bob l'éponge. Appelle la police ! »

Patrick se mit à courir en rond en criant :
« Police ! Police ! »
Bob l'éponge courut vers la maison
de Carlo le calmar.

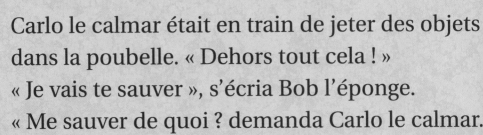

Carlo le calmar était en train de jeter des objets dans la poubelle. « Dehors tout cela ! »

« Je vais te sauver », s'écria Bob l'éponge.

« Me sauver de quoi ? demanda Carlo le calmar. Je ne fais que ranger ma garde-robe. »

« Oh, je croyais que tu avais un problème »,
dit Bob l'éponge.
Carlo le calmar soupira. « Mon seul problème
est le fait que tu sois là et que tu me déranges !
Maintenant, laisse-moi seul pour que je
puisse terminer ! »

Patrick arriva alors accompagné d'un policier.
« Quel est le problème ici ? » demanda l'officier.
« Aucun problème, officier », dit Carlo le calmar.
« Alors pourquoi aviez-vous besoin de moi ? »
demanda le policier.

« Je n'ai pas eu besoin de vous ! » répondit
Carlo le calmar.
« Alors ne me faites pas perdre mon temps !
dit le policier. Je t'ai à l'œil, Carlo le calmar ! »

Bob l'éponge regarda à l'intérieur de la poubelle de Carlo le calmar et aperçut une petite guitare. « Pourquoi veux-tu jeter cela ? » demanda-t-il.

« C'est juste un vieux jouet avec lequel je jouais quand j'étais petit », dit Carlo le calmar.

« Elle est brisée, mais elle avait l'habitude de jouer une petite chanson idiote. »

« Est-ce que je peux l'avoir ? » demanda Bob l'éponge.

« Bien sûr, dit Carlo le calmar. C'est une babiole sans aucune valeur ! »

« Merci, Carlo le calmar ! dit Bob l'éponge. Si jamais tu veux rendre visite à ta guitare, ma porte est toujours ouverte. »

« Parfait, Bob l'éponge, dit Carlo le calmar. Je vais garder cela en tête. Maintenant, va-t-en. »

Bob l'éponge passa la tête par la fenêtre de Carlo le calmar.

« Si tu changes d'idée, elle sera juste à côté ! Tu sais où nous trouver ! »

« VA-T-EN ! » hurla Carlo le calmar.

Lorsque Bob l'éponge et Patrick arrivèrent à la maison, Bob l'éponge répara la petite guitare. Il tourna la manivelle et la musique se mit à jouer. « Quelle magnifique chanson ! » dit Bob l'éponge.

« Je pourrais l'écouter pendant toute la journée ! »
« Moi aussi ! » acquiesça Patrick.
Alors ils le firent.

Carlo le calmar sortit sa tête par la fenêtre.
« Bob l'éponge ! Arrête de faire jouer cette
chanson ! C'est en train de me rendre fou ! »

« D'accord, Carlo le calmar, dit Bob
l'éponge. Je vais arrêter pour aujourd'hui. »

17

« Mais c'est à mon tour ! » se plaignit Patrick. Bob l'éponge lui remit la petite guitare.

« Tu peux faire jouer la chanson une autre fois. »

Patrick était tellement énervé qu'il tourna la manivelle trop fort et la cassa.

Mais la chanson continua de jouer !

Carlo le calmar entra en claquant la porte de Bob l'éponge.

« J'ai dit : arrêtez de faire jouer cette chanson ! »

Bob l'éponge essaya du mieux qu'il put,
mais il n'arriva pas à arrêter la chanson.
« Je vais appeler la police ! » s'écria Carlo
le calmar.

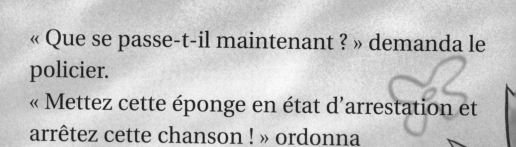

« Que se passe-t-il maintenant ? » demanda le policier.

« Mettez cette éponge en état d'arrestation et arrêtez cette chanson ! » ordonna Carlo le calmar.

« J'aime bien cette chanson, dit le policier. Ma mère avait l'habitude de me la fredonner en me bordant le soir. Bob l'éponge, tu peux faire jouer cette chanson autant que tu le désires ! »

La chanson continua à jouer pendant toute la nuit. Carlo le calmar mit un oreiller sur sa tête, mais il pouvait toujours l'entendre. « Je ne peux plus le supporter ! dit Carlo le calmar. Je dois arrêter cette chanson une fois pour toutes ! »

Carlo le calmar se faufila silencieusement dans la maison de Bob l'éponge. Bob l'éponge s'était endormi en tenant la guitare dans ses bras.

Carlo le calmar s'empara de la guitare et Bob l'éponge se réveilla.

« Carlo le calmar, qu'est-ce que tu fais ? »
« Hum, rien », répondit Carlo le calmar.
Bob l'éponge sourit.

« Je comprends. Tu t'ennuies de ta petite guitare. Tu faisais seulement semblant de détester cette chanson. Voilà. Prends-la. »

« J'ai berné Bob l'éponge ! » s'écria Carlo le calmar en courant dehors. Carlo le calmar souleva la guitare dans les airs et la frappa contre une roche !

Bang ! Bang ! Bang !

La chanson s'arrêta finalement.

« J'ai réussi ! » s'écria Carlo le calmar.

Bob l'éponge courut à l'extérieur et regarda
la guitare complètement cassée.

« Carlo le calmar, tu as détruit cette pauvre
guitare sans défense. Qu'est-ce qu'elle t'avait
donc fait ? »

« Elle ne cessait de jouer cette horrible
chanson ! dit Carlo le calmar. Maintenant,
je n'aurai plus jamais à l'écouter ! Jamais ! »

Un policier s'approcha et tendit une contravention à Carlo le calmar.

« Il est interdit par la loi de casser une guitare à deux heures du matin ! Tu es un faiseur de troubles !

Voici une amende de cent dollars ! »

Un homme apparut à cet instant.
« Mon nom est Défense Gibson. Je collectionne les petites guitares de valeur. J'ai pensé que vous aimeriez savoir que vous venez d'en casser une unique en son genre, une guitare Straticastius qui aurait certainement valu un million de dollars ! »

« Regarde, Carlo le calmar ! dit Bob l'éponge. J'ai trouvé la boîte à musique qui joue ta chanson ! »

Il tourna la manivelle. « Elle fonctionne encore ! Tu n'as pas un million de dollars, mais la chanson jouera pour toujours ! »

« NONNNN ! » s'écria Carlo le calmar en s'enfuyant au loin.